Ce livre
appartient à

_____

DISNEY · PIXAR

une vie de bestiole

 Phidal

© 1998 Éditions Phidal Inc. pour le texte français
Publié par Éditions Phidal Inc.
5740 Ferrier, Mont-Royal (Québec), CANADA H4P 1M7

© 1998 Disney Enterprises, Inc. / Pixar Animation Studios
Tous droits réservés.

Imprimé aux États-Unis
ISBN: 2-89393-7624

À nos pieds, entre les brins d'herbe, existe un univers en miniature vraiment fascinant...

« Avons-nous assez de nourriture pour l'offrande? » demande la princesse Atta d'un ton inquiet.

2

Une jeune fourmi mâle appelée Flik accourt en s'écriant:
« Regardez, princesse! J'ai une moissonneuse automatique! »
Atta jette un coup d'œil vers la Reine.
Qu'a-t-il encore inventé?
« Ramasse le grain comme tout le monde, Flik »,
dit-elle. « Nous n'avons pas de temps à
perdre avec tes inventions. »

Dot, la petite sœur d'Atta, aime beaucoup Flik. Elle le trouve extraordinaire. Quand elle a un problème, c'est toujours à lui qu'elle en parle.

« Je suis trop petite », se plaint-elle.

« Oh, mais ça ne fait rien », lui répond Flik en lui montrant une pierre. « Imagine que cette pierre soit une graine. Eh bien, avec le temps, elle deviendrait un arbre. Alors, sois patiente, toi aussi. »

Mais Dot sait que la « graine » n'est qu'une pierre. « Ce que tu es bizarre, toi », dit-elle. « Enfin, je t'aime bien quand même. »

Soudain, l'alarme sonne. Les fourmis, affolées, se dispersent dans tous les sens.

La Reine, d'un ton énergique, ordonne à tout le monde de rentrer à la fourmilière.

«Dépêche-toi, ma chérie», dit la Reine à sa plus jeune fille.
«Hé! Attendez-moi!» s'écrie Flik. Mais sa moissonneuse
miraculeuse a démoli les pieds qui supportaient la pierre de
l'offrande. Tout le grain que les fourmis avaient péniblement
amassé dégringole au bas de la falaise.

Tandis que les fourmis terrorisées se sont réfugiées dans leur
fourmilière, la bande des sauterelles pénètre par le plafond.

« Où sont mes provisions ? » demande Sauteur en empoignant
Dot. « Si vous ne respectez pas vos engagements, ça va aller mal. »

Sans hésiter, Flik lui ordonne : « Laisse-la tranquille ! »

D'un regard, Sauteur impose le silence à Flik. Mais il lâche
tout de même Dot. « Quand la dernière feuille morte
tombera, je veux le double de ce qui me revient »,
gronde-t-il.

Après le départ de Sauteur, Atta et le Conseil sont prêts à bannir Flik pour toujours.

Mais Flik a une idée. «Pour combattre les sauterelles, nous pourrions demander l'aide de bestioles plus grosses que nous!» s'exclame-t-il. «J'en trouverais en allant à la ville!»

Surprise! Atta et le Conseil acceptent son offre – mais c'est surtout pour se débarrasser de lui.

Dot et quelques jeunes garçons fourmis suivent Flik jusqu'à la frontière de l'Île aux Fourmis. « Mon papa dit que tu vas mourir », lui lance un des garçons, sarcastique.

« Il ne va pas mourir du tout », proteste Dot. « Il va revenir avec les bestioles les plus costaud qu'on ait jamais vues. »

Flik s'éloigne, perché sur les aigrettes d'un pissenlit. D'un geste de la main, Dot lui fait au revoir.

Bien loin de l'Île aux Fourmis, près de la ville,
la puce P.T. doit prendre une décision très vite!
L'auditoire de son cirque ne trouve pas le
spectacle très drôle.

19

« Les flammes de la mort! » annonce le directeur du cirque, désespéré.

Son numéro tourne à la catastrophe. Les bestioles dressées se précipitent de partout pour essayer d'éteindre le feu, et P.T. lui-même échappe de justesse au brasier.

Les spectateurs sont ravis, mais P.T. met tous ses acrobates à la porte.

Un peu plus tard, Flik arrive à la ville. Il est sûr que, dans cette foule, il va trouver des bestioles assez vigoureuses pour résister à Sauteur.

23

Les bestioles du cirque, assises dans un bar qu'elles fréquentent
régulièrement, se demandent ce qu'elles vont devenir. Elles doivent
toutes trouver du travail — Rosie l'araignée et Dim, sa « monture »
scarabée, Slim le bâtonnet à pattes et Heimlish la chenille mâle, Torti et
Coli, les cloportes acrobates, Francis la coccinelle, Manny la mante,
qui est magicien, et son assistante Gypsy, le papillon de nuit.

C'est là que quelques mouches querelleuses provoquent une
bagarre avec Francis.

Au moment où Flik arrive sur les lieux, les bestioles de la petite troupe du cirque viennent de triompher des mouches.

Flik se met à applaudir. « Je suis justement à la recherche de bestioles qui ont votre talent! » leur dit-il. « Pourriez-vous venir en aide à ma colonie de fourmis? »

Les bestioles du cirque croient qu'il est un agent recruteur d'artistes.

« Tu nous expliqueras ça en chemin », lui suggère Slim.

« Pour un coup de chance, c'est un coup de chance! » se dit Flik.

Le lendemain matin, Flik et les bestioles du cirque approchent de l'Île aux Fourmis.

Dot est la première à les apercevoir. « Flik! Je savais que tu tiendrais parole! » s'écrie-t-elle.

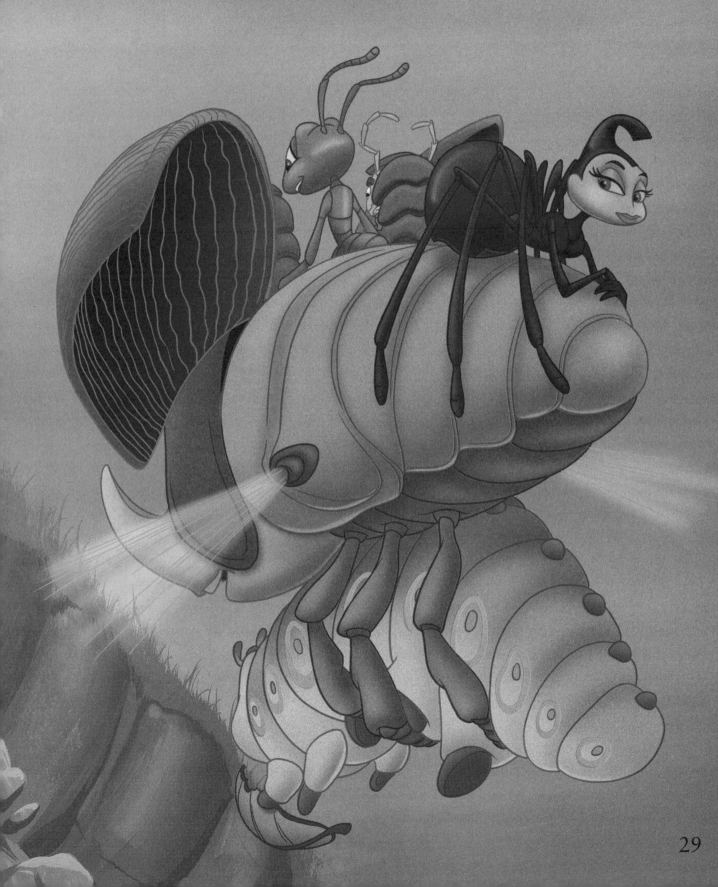

Mais les autres fourmis ont peur de ces grosses bestioles à l'allure batailleuse.

De son côté, Slim commence à se demander quel genre d'emploi on réserve à sa troupe.

C'est alors que Francis annonce d'une voix forte:

« Qu'elles viennent un peu ici, vos amies les sauterelles! Vous verrez comme on va les pulvériser! »

31

« Alors, princesse Atta, qu'en pensez-vous ? » interroge Flik.

« Nous sommes des fourmis, nous ne nous battons pas contre les sauterelles », répond Atta.

« Pas besoin », lui dit-il en désignant du doigt les bestioles du cirque. « Les voilà, nos combattantes. »

La colonie donne un banquet de bienvenue pour les bestioles du cirque. Les enfants fourmis interprètent une pièce de théâtre ayant pour thème la future bataille contre Sauteur.

« Dites, c'est vraiment nous qui allons nous battre? » chuchote Rosie.

« Ne regarde pas ça! » recommande Slim à Heimlish.

Rosie essaie d'attirer l'attention de Flik, mais celui-ci est trop occupé à faire un discours.

« Flik! » siffle quand même Rosie. « Nous sommes des acrobates de cirque! »

Flik suit les bestioles du cirque quand
elles quittent la salle du banquet. « Acrobates
ou pas, vous nous avez bien promis de pulvériser
les sauterelles, non? »
« Et toi, tu nous as bien laissé croire que tu étais un
agent recruteur d'artistes! » l'accuse Manny.
« Nous irons nous faire embaucher ailleurs, c'est tout! »

Flik agrippe Slim. «Ne partez pas», supplie-t-il.
«Je vais passer pour un minable!»
Les bestioles du cirque essaient de dégager Slim
quand, soudain, Flik lâche son étreinte et déguerpit
à toutes jambes en hurlant: «Sauve qui peut!»

Flik a vu un oiseau qui guettait dans l'herbe,
et qui maintenant vole sur ses proies!
En criant à tue-tête, toutes les bestioles
cherchent un endroit où se cacher.

Les cris ont alerté les fourmis, qui grimpent sur les falaises. Atta aperçoit les bestioles du cirque qui tentent d'échapper à l'oiseau. Puis, elle voit sa petite sœur Dot qui a suivi Flik, et qui se trouve à présent en plein sur la trajectoire de l'oiseau.

Francis ne peut laisser Dot exposée à un tel danger. Il l'attrape, mais ils tombent tous deux dans une crevasse du lit de la rivière.

L'oiseau enfonce des pierres dans la crevasse. Une première pierre fracture la patte de Francis. Une deuxième l'assomme carrément. Puis, l'oiseau se met à marteler la crevasse avec son bec.

Flik organise alors un plan d'urgence: Slim montrera Heimlish, qui a l'air bien appétissant, pour distraire l'oiseau et permettre aux autres bestioles de s'enfuir.

« Comme il est brave! » murmure un des membres du Conseil.

Tandis que Francis est recueilli par ses camarades dans le filet de Rosie, Flik réconforte Dot. Son plan est aussi méthodiquement conçu que la toile d'une araignée.

Dim aide les rescapés à remonter de la crevasse, mais l'oiseau finit par le repérer!

Or, le bon vieux Dim est un débrouillard. Il se réfugie dans un buisson d'épines, où l'oiseau ne pourra pas le suivre.

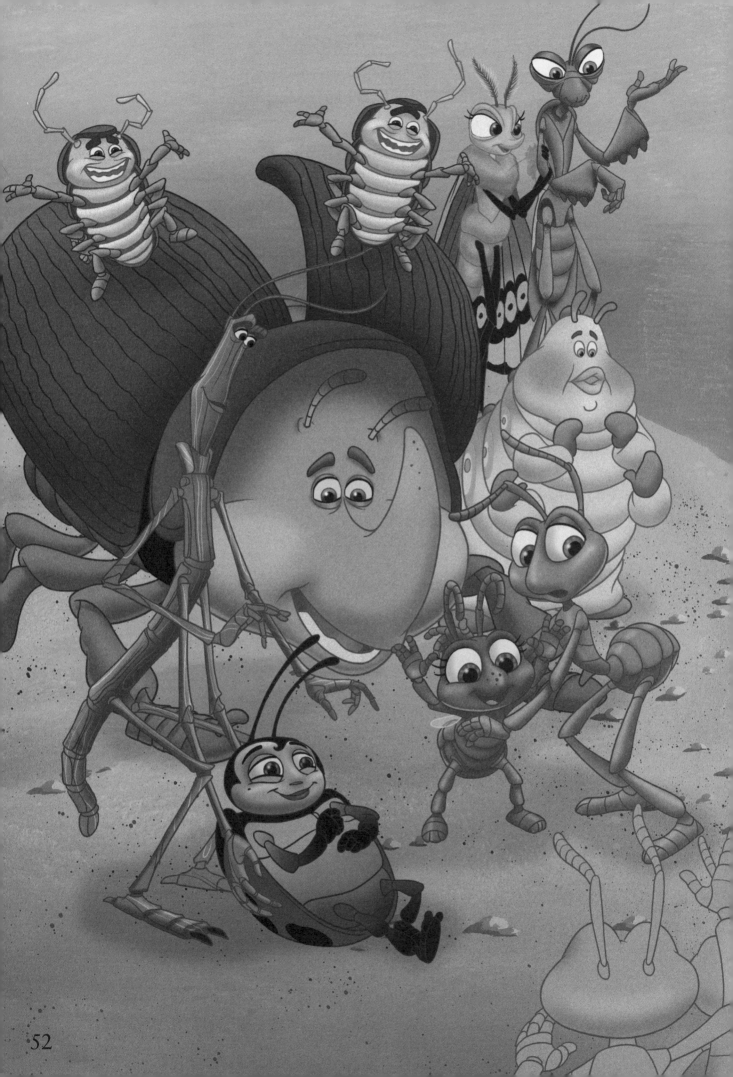

Tout à coup, Flik et les bestioles du cirque entendent une rumeur.
« Qu'est-ce que c'est ? » demande Rosie.

Ce sont les bravos de la colonie des fourmis au grand complet,
qui félicitent les courageuses bestioles d'avoir sauvé leur mignonne
petite princesse Dot.

Atta prend Flik à part. « Quand tu as amené ces bestioles ici, je pensais que c'était une bande de clowns », dit-elle. « Mais elles sont vraiment hardies! Une bestiole qui tient tête à un oiseau, ce n'est pas rien. Même Sauteur a peur des oiseaux. »

Cette dernière remarque fait germer une nouvelle idée dans la tête de Flik...

Le nouveau plan de Flik est très simple : fabriquer un oiseau artificiel pour effrayer Sauteur et sa bande. Flik demande à Manny de présenter son plan au Conseil.

Atta et le Conseil accueillent cette trouvaille avec enthousiasme.

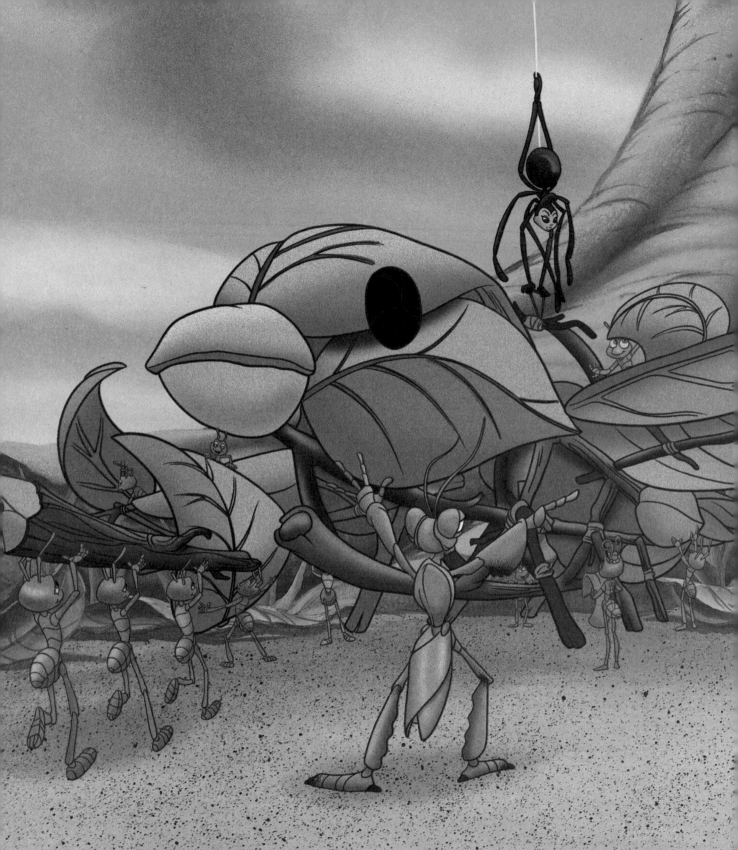

Fourmis et bestioles du cirque, tout le monde se met à la tâche. Petit à petit, on confectionne le faux oiseau avec des feuilles et des rameaux, des toiles d'araignées et des coquilles d'escargots. Tous sont optimistes. La prochaine fois que les sauterelles viendront, les choses se passeront autrement!

Atta est fière de participer à un plan établi pour
vaincre les sauterelles. Elle remercie chaleureusement les
bestioles guerrières – et Flik qui les a dénichées.

Enfin, avec beaucoup de précautions, les fourmis et les bestioles hissent le faux oiseau dans l'arbre en attendant l'arrivée de Sauteur.

On entend des hourras d'exaltation. L'heure de l'affrontement est proche.

Pendant ce temps, la bande des sauterelles est restée au sud de la frontière de l'Île aux Fourmis. Quelques-uns des bandits de Sauteur rechignent à y retourner. Ils chargent Molt, le frère de Sauteur, de soumettre leur cause à leur chef.

Sauteur se met en colère. Il enfouit les mutins sous un
tas de graines. Puis il sermonne le reste de ses troupes :
« Ces fourmis sont plus nombreuses que nous, mais
il ne faut pas qu'elles le sachent. Nous devons leur
rappeler qui est le plus fort ici! Donc, en avant! »
    Les sauterelles sont décidées à attaquer
l'Île aux Fourmis.

Dans la soirée, Flik propose aux bestioles du cirque de s'en aller avant l'arrivée des sauterelles.

« Dim ne veut pas partir », annonce le gros scarabée-rhinocéros.

Les autres sont d'accord avec lui. Les bestioles guerrières du cirque veulent rester.

Soudain, une fourmi éclaireuse aperçoit quelqu'un qui approche, mais ce ne sont pas les sauterelles, c'est la puce P.T., en quête des bestioles de son cirque.

Flik avait essayé de garder la chose secrète, mais maintenant, les fourmis comprennent que leurs valeureux guerriers sont tout simplement des artistes de cirque.

Sauteur ne va pas tarder à se montrer, et il n'y a pas la
moindre provision! La Reine conseille aux bestioles du cirque
de s'en aller.

Atta demande à Flik de partir aussi.

Dot aimerait bien le suivre, mais sa mère la retient.

Peu après, les fourmis entendent les sauterelles qui arrivent.
« Mère! » dit Atta avec un soupir désespéré. « Qu'allons-nous faire? »
Elles savent très bien que Sauteur sera furieux.

En effet, Sauteur est hors de lui. « J'interdis aux fourmis de dormir avant que nous ayons quelque chose à nous mettre sous la dent! » rugit-il.

Dot comprend les véritables intentions de Sauteur. « On va les faire travailler jusqu'à ce qu'elles meurent », dit un des bandits en ricanant. « Ensuite, on écrasera la Reine. »

Dot, pour demander du secours, part à la recherche de Flik et des bestioles du cirque.

Elle les trouve toutes découragées. « Il faut que vous nous aidiez! » dit-elle en haletant. « Sauteur veut écraser maman! »

Les bestioles du cirque sont bien prêtes à donner un coup de main. Elles pensent que l'idée du faux oiseau pourrait réussir, mais Flik lui-même n'en est plus si convaincu.

Dot sait ce qu'il faut pour persuader Flik. « Fais comme si c'était une graine », lui dit-elle en lui montrant une pierre.

Flik sourit. « D'accord », admet-il, « on va y arriver! »

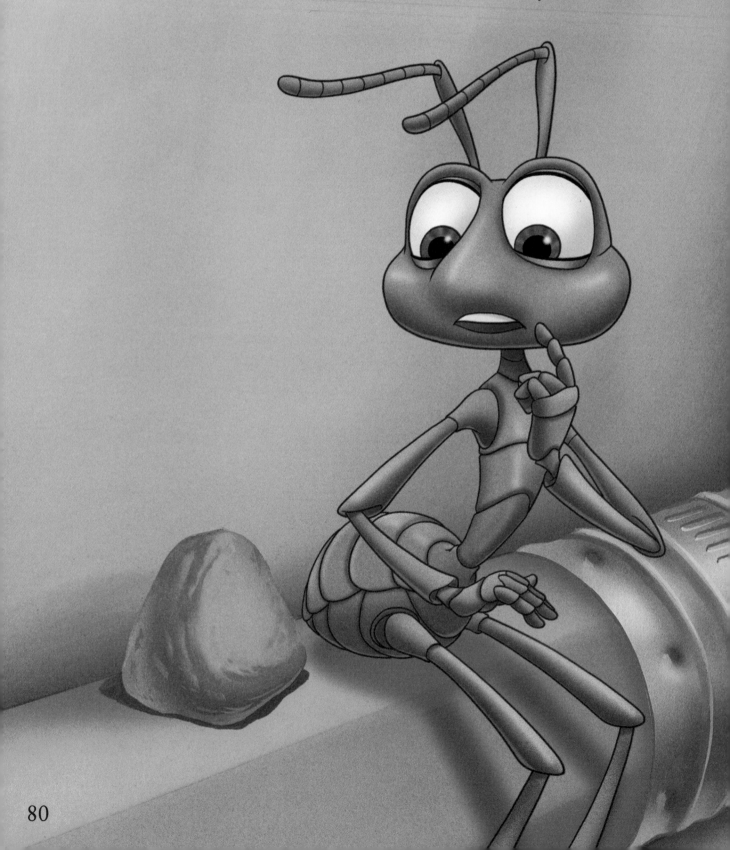

Flik et Dot se cachent dans le coin familier des Bleuets. «Vous n'avez jamais vu pleurer des sauterelles?» demande Flik aux enfants fourmis.

«C'est le moment de la vengeance, grâce à l'aide de nos amis les Bleuets!» leur promet Dot.

À un signe de Gypsy, le faux oiseau sort de son trou creusé dans le nœud d'un arbre. D'une cabine spécialement aménagée, les cris amplifiés de Flik et des Bleuets ressemblent vraiment aux cris stridents d'un oiseau!

Les sauterelles n'ont plus qu'à trouver un refuge...

C'est au tour des bestioles du cirque et des fourmis de terroriser les sauterelles avec du « sang », c'est-à-dire du jus de bleuets. Elles réussissent à tromper Sauteur, mais la puce P.T., en essayant une nouvelle manœuvre, met le feu à l'oiseau.

Flik et les Bleuets sautent de l'oiseau en flammes, et Sauteur comprend alors qu'il s'est bel et bien fait prendre au piège.

Sauteur se retourne vers Flik. « Vous êtes tous des incapables! » dit-il d'un ton rageur.

Mais Flik lui fait face. « C'est ce que tu crois! », lui répond-il.

Encouragées par Flik, les fourmis et les bestioles du cirque montent à l'assaut. Les sauterelles sont obligées de battre en retraite, et Sauteur reste tout seul.

Subitement, d'énormes gouttes de pluie commencent à tomber. Alors que tout le monde se met à l'abri, Sauteur en profite pour prendre Flik en otage. Les bestioles du cirque poursuivent Sauteur, mais n'arrivent pas à le rattraper.

À la dernière seconde, Atta arrache Flik aux griffes de Sauteur, qui en est furibond.

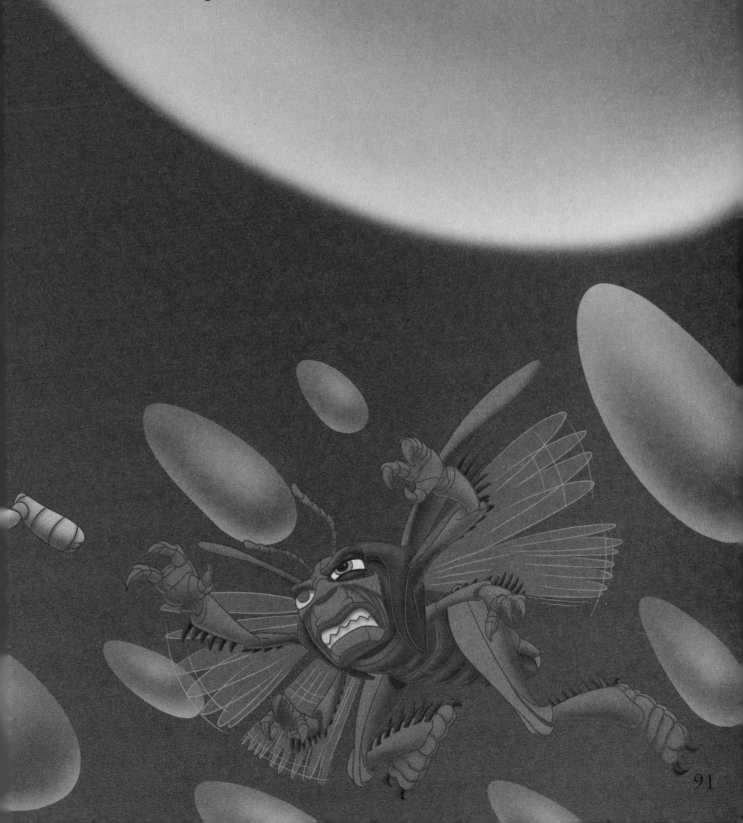

Flik et Atta rejoignent l'autre berge de la rivière. Il y a là un nid, et Flik incite Sauteur à s'y jeter.

L'oiseau effarouché pousse un cri perçant. Sauteur croit que c'est encore un tour de Flik, mais il a tort!

L'oiseau n'en fait qu'une bouchée, et c'est ainsi que prend fin la vie de Sauteur.

Quelque temps plus tard, le printemps arrive. Les bestioles du cirque quittent la colonie des fourmis. La princesse Atta est maintenant la reine Atta, et Flik occupe une place d'honneur, celle d'inventeur officiel de la colonie.

Les fourmis n'auront plus jamais à s'inquiéter des sauterelles voraces, et elles pourront toujours compter sur l'ingéniosité de Flik.

Au moment de repartir en tournée, les bestioles du cirque ont toutes les raisons du monde d'être contentes. La colonie des fourmis ne craindra plus la famine. Elles se sont libérées de la rapacité des sauterelles grâce à un peu d'aide, mais grâce aussi à leur grand courage.